琥珀愛

李瑞騰——主編

朱天——著

總序　二〇二四，不忘初心

李瑞騰

一些寫詩的人集結成為一個團體，是為「詩社」。「一些」是多少？沒有一個地方有規範；寫詩的人簡稱「詩人」，沒有證照，當然更不是一種職業；集結是一個什麼樣的概念？通常是有人起心動念，時機成熟就發起了，找一些朋友來參加，他們之間或有情誼，也可能理念相近，可以互相切磋詩藝，有時聚會聊天，東家長西家短的；然後他們可能會想辦一份詩刊，作為公共平臺，發表詩或者關於詩的意見，也開放給非社員投稿；看不順眼，或聽不下去，就可能論爭，有單挑，有打群架，總之熱鬧滾滾。

作為一個團體，詩社可能會有組織章程、同仁公約等，但也可能什麼都沒有，很多事說說也就決定了。因此就有人說，這是剛性的，那是柔性的；依我看，詩人的團體，都是柔性的，程度當然是會有所差別的。

「臺灣詩學季刊雜誌社」看起來是「雜誌社」，但其實是「詩社」，七、八個人聚在一起，辦了一個詩刊《臺灣詩學季刊》（出了四十期），後來多發展出《吹鼓吹詩論壇》，先有網路版，再出紙本刊；於是就把原來的那個季刊，轉型成學術性期刊，稱《臺灣詩學學刊》。我曾說，這一社兩刊的形態，在臺灣是沒有過的。這幾年，又致力於圖書出版，包括同仁詩集、選集、截句系列、詩論叢等，迄今已由秀威資訊科技出版超過百本了。

根據白靈提供的資料，二〇二四年的出版品有六本，包括**斜槓詩系二本、同仁詩叢四本**，略述如下：

「斜槓詩系」是一個新構想，係指以詩為主的跨媒介表現，包括朗讀、吟唱、表演、攝影、繪圖等，包括：（一）《雙舞：AI・詩圖共創詩選》（郭至卿及愛羅主編）、（二）《李飛鵬攝影詩集》。李飛鵬是本社新同仁，他是國內著名的耳鼻喉科醫師，曾任北醫院長、北醫大學副校長，在北醫讀大學時就開始寫詩，也熱愛攝影，詩圖共創是其特色。至於《雙舞》，則是本社「線上詩香」舉辦的「AI・詩圖共創」競賽之獲選作品，再加上同仁及詩友發表於「線上詩香」的AI‧詩圖共創作品，結集而成。「線上詩香」是本社經營的網路社團，是一個以詩為主的平臺，由同仁郭至卿主持，原以YouTube、Podcast運作，主要是對談，賞析現代新詩文本，具導讀功能；惟近來已有新的發展，那就是以詩為主的跨媒介表現，亦即所謂「斜槓」，為與時潮相呼應，二〇二四年舉辦了兩回【AI‧詩圖共創】競賽，計得優選和佳作凡四十件。參賽者將自己的詩作以AI繪圖，詩圖一體，此之謂「共創」。對他來說，「詩」以文字為媒介創作；至於「圖」，以其表達意志結合AI運作生成圖片。所以這裡的要點是，詩人想要有什麼樣的圖來和他的詩互文？又如何讓AI畫出他想要的圖？另外一種情況是，操作電腦生成圖片者如果不是詩人自己，那麼他對於詩的理解將大大影響圖之生成。與此相關的議題很多，需要有專業的討論。我們在本書出版之前，先在中央大學舉辦以「AI‧詩圖共創」為名的展覽和論壇（十月十五日），建構新詩學。

「同仁詩叢」今年有四本，包括：（一）李飛鵬《李飛鵬詩選》、（二）朱天《琥珀愛》、（三）陳竹奇《島嶼之歌》、（四）

葉莎《淡水湖書簡》，詩風各異，皆極具特色，我依例各擬十問，請作者回答，盼能幫助讀者更清楚認識詩人及其詩作。

詩之為藝，語言是關鍵，從里巷歌謠之俚俗與迴環復沓，到講究聲律的「欲使宮羽相變，低昂互節，若前有浮聲，則後須切響」（《宋書・謝靈運傳論》），是詩人的素養和能力；一旦集結成社，團隊的力量就必須凝聚，至於把力量放在哪裡？怎麼去運作？共識很重要，那正是集體的智慧。

最後我想和愛詩人分享一個本社重大訊息，那就是本社三刊（《臺灣詩學季刊》、《臺灣詩學學刊》、《吹鼓吹詩論壇》）已全部從紙本數位化，納入由聯合線上建置的「臺灣文學知識庫」。這應該是臺灣現代詩刊物的首創，在「AI・詩圖共創」（展覽和論壇）於中央大學開幕的次日（十月十六日）下午，聯合線上在臺北教育大學舉辦「從紙本雜誌到數位資料庫——臺灣詩學知識庫論壇」活動，由詩人向陽專題演講〈臺灣詩學的複合傳播模式〉，另邀請本社社長與主編群分享現代詩路歷程與數位人文的展望。

臺灣詩學季刊社與時俱進，永不忘初心，不執著於一端，恆在應行可行之事務上，全力以赴。

朱天答編者十問

李瑞騰、朱天

一、先問你詩集前面的序詩〈霧禱〉吧！這一首散文詩，我把它讀成「祈願文」，原本可能是「我們在天上的父」，當「父」變成「霧」，一切都迷濛起來。而本文，三個「請」字起頭，我視為三段內容：一籲求成長，二祝願身體與生活環境，三祈禱歲月靜好。當然每段都不那麼簡單。最後以「哭吧，哭吧」反身自我，以結語二句呼應篇首，首尾圓貫。我這樣解讀，若非作者本義，請回應。

答：

作為全書序詩的〈霧禱〉，誠如瑞騰社長所言，是我深深的祈願！就創發靈感來看，此詩脫胎於《聖經・馬太福音》六章九至十三節，亦即俗稱的「主禱文」——就基督信仰而言，「主禱文」的重要性在於，這是耶穌親自為其門徒所做的禱告示範；而「禱告」最簡單的意思，大致上等同於人對神的誠懇傾訴、迫切求告。故此，以〈霧禱〉為序的旨趣，主要目的便在於，希望透過「禱告」一詞所蘊含的深沉性質與隱密氛圍，替往後諸作定調：《琥珀愛》是一本以抒情為主軸的詩集，而其中所欲申抒之情懷，即類似於仰望上蒼時內在世界所有真摯而無法磨滅的心靈詠嘆。

換個角度說，《聖經》中的「主禱文」，其實具有深邃廣袤的神學意涵；但當我將其橋接至文學創作範疇時，著重之焦點自然便從信仰層面的人神交通，轉移到生命情懷的自我表露——故就此來說，〈霧禱〉，也可視作是一種對傳統經典的刻意「誤」用，好讓詩作的表現手法得以被「導」航到新穎的未知國度。

最後，之所以會將禱告的對象，從「父」改為「霧」，除了因同韻而生的聯想作用外，或許更關鍵的理由是，「霧」，其雖有形體卻又極易散佚的物性特質，格外令我矚目——進而言之，當「霧」的本身已可說是相當脆弱的存在了，那些只能向「霧」傾訴的時刻，又該是何等的無助？故此，所謂的「霧禱」當然也代表了，我對人生歷程中所有曾確確實實迫擊身心靈的苦難，以及與之伴生的軟弱，一種嘗試性的照映。

二、你以「輯一、C大調」寫生命中親近的人，父、母、師、生、友、妻等。〈赴死〉到〈續集〉寫父親，寫大時代的小生命，寫他一生的流離，寫他之亡故，寫你的思念；〈母者三態〉和〈背對〉寫母親；〈回聲般傾訴〉到〈歸屬〉寫妻，寫家，寫生活；〈闌珊〉到〈蝶唱〉寫在臺大的業師柯慶明教授；其他幾首寫友朋和學生。上面的梳理，或有誤差，如能進一步說明，必有助於讀者理解。

答：

正如臺大中文系洪淑苓教授於〈時間釀成的蜜〉之所述：「『C大調』在樂譜上是最基礎的調號，而大調又是愉悅明快的氣氛，朱天的這一輯『C大調』是由家人、師生、友朋共同譜成的愛的曲調」

——也就是說，《琥珀愛》首輯所涉及的重要他人，即是我情懷的根、心感的源。

而也由於「C大調」當中的詩作，都是那些曾被斧刻刀鑿過之記憶的真摯投影、茂盛蔓衍，故而在文字背後的生命湧動，固然也就歷歷可數：首先，父，即是我生命樣態最初也最為重要的濫觴，因此與之相關的〈赴死〉、〈燕巢　深水〉、〈夢話〉和〈續集〉，理應置於此輯開端；而在呈現我與父之間，從生到死、由真至幻的種種情懷之後，在最後一次對話時他囑託於我的，我的母親——則是我試圖以〈母者三態〉和〈背對〉為其寫真的主角。相對於母子之間近乎無法融化的隔閡，我與妻的心靈距離，幾乎就像漣漪與湖光般，極度貼合：不過，哪怕所謂的夫妻已可稱得上是彼此的骨中骨、肉中肉，但落實於具體生活面向的枝枝節節上，她與我仍然有勢如水火的相異——但，也正因著異同交響的錯綜起落，才孕育出從〈回聲般傾訴〉至〈歸屬〉這十三首無聲的愛之歌。至於在父、母、妻這人生三原色之外，摯友、良師與學生，當然也在我的斑斑年歲裡，安坐於閃亮的貴賓席：故而，由〈闌珊〉到〈東鐘〉等八首詩，即是獻給他們的詩篇。

於是，若我們相信，「『情境的感受』與『生命的反省』正是生命意識的兩種根本的形態；事實上也正是一般文學作品的根本『內容』」的話，「C大調」之詩，即為我感受的舞動與反省的果實。

三、我讀過《卻顧所來徑》中你寫柯慶明老師那篇懷念文章，師徒關係有情有義。相較而言，詩好像不易揮灑，不論以草自喻，以失明喻師之大去，以黑蝶款款喻魂靈之飄迴旋舞，總只是側寫，你自己覺得如何？。

答：

「畢竟我們必須承認詩所宣諭的原就是屬於內在世界的真理呀！」——如果，柯慶明老師的這句話，至今仍能在文學理論的討論園地中，激盪起相當程度的迴響，那麼關於李社長所言及的「不易揮灑」或「只是側寫」，便有機會作出如下的另一種解讀：正像古往今來許多文學論著所反覆探索的一樣，「詩」之表達，其至關重大的操作環節，即為語言文字、可感意象和情理內涵三者之間的連鎖互動；當中，若專從中國古典之文藝美學論述切入的話，則「含蓄」、「留白」、「意在言外」等呼籲，某種程度上仍是眾多現代詩人深自服膺之信條。故此，個人認為不論是簡約凝塑或自由揮灑，不管是正面直書或側寫留白，只要能讓「意」、「象」、「言」之間的脈絡，盡量向讀者敞開，只要能讓內在真實的傳達獲得最大程度之彰顯，皆不失為使作品成為一則「漂亮說帖」（詩人白靈之語）的可行「詩道」。

四、「輯二、沼澤山羊，風中魚」是你的「微國度」。輯內的詩中，只看到「山羊」，「沼澤」和「風中魚」呢？請說明這輯名的命意。（輯三「龍舟碾過蝴蝶蘭」的情況也差不多）

答：

因為關於《琥珀愛》第二、三部分的章節大意，於詩集之推薦序中，洪教授實已剖析精當，故筆者實可毋須贅言。然而，關於這兩輯背後共通的表現概念，我願補述如下。

首先，我們可以清楚發現，淑苓老師是這樣解讀輯三之名——「龍舟碾過蝴蝶蘭」的：「顯然，又是一個超現實的意象衝撞，試圖引發讀者更進一步的沉思」；而除了可用「超現實」的視角來體會「龍舟碾過蝴蝶蘭」之潛在意義以外，對我而言，或許「對比」（Paradox）之內蘊，更是自己寫下輯二、輯三之章節名稱時，最初的表現目標。

就過往的學詩歷程而言，杜國清教授於闡述「詩是什麼」時甚愛提及的兩極相遇之說，便十分適合拿來解釋我心目中的「對比」：簡單來說，詩的核心，不是被編輯列印後的書面文字，而應該是一種富含衝擊力道的「想像」；而這種詩的想像，之所以力道豐沛，理由之一便來自於詩人所調度的，彷彿正極與負極般差距巨大的諸般意象——例如低窪之「沼澤」與高處之「山羊」、無鰭翱翔的「風」與倚水維生的「魚」，以及河中之巨型「龍舟」與地上的柔弱「蝴蝶蘭」——在剎那匯聚驀然拼合時，所釋放出的閃電式猛烈爆炸。

換言之，為了呼應自身親歷的重重矛盾與紛繁衝突，故而方有「沼澤山羊，風中魚」與「龍舟碾過蝴蝶蘭」的誕生。不過，此二者雖皆深具對比之特色，但其中仍呈現了動靜、時空之別：總的來說，由於「沼澤山羊，風中魚」一輯正是筆者的對鏡自照，故在詞彙使用上，偏向靜態詞彙的空間並列；至於輯三之作，皆與生命中無以名之的衝擊經驗有關，故而強調「碾過」所引申出的歷時性旅程。

五、讀你的詩，對於題目和詩文本的對應關係，常有困擾，譬如輯二之〈歌生〉、〈南過〉；〈悲劇四論〉之「枯竭」、「遷逝」、「入侵」等。

答：

基本來說，虛實相生、象意互依，仍是我習詩創作以來所努力遵循的創作準則——此處，謹以上述被舉出的第一首詩〈歌生〉為例，替作品發言、為觀眾解惑：

在辦公室　無聲歌唱
嘆息　替耳機和音

為螢幕作曲　幫座椅呼吸
間奏　想像辦公桌上空未完的那闋詞
作誰的燈光　我不斷
反覆　自問
自答在角落
無人熟識

如果單就詩題來看，似乎無法立刻抓準「歌生」的所指；然則，當我們逐一遍讀，透過「歌唱」、「嘆息」、「和音」等詞義的引導，應不難推知「歌生」的其中一種含意，即為足以乘載內心澎湃情懷的萬千「歌聲」；再者，藉由「辦公室」、「座椅」、「螢幕」的暗示，一幅現代人習以為常的上班族速寫，其實也隱約溢於言表——換言之，我欲憑藉「歌生」二字所吐露的另一種寓意，即是以「歌」曲來詠嘆日常「生」活。最後，職場環境中免不了的孤寂、犧牲、自我懷疑等情思，除了寄託在詩行中的動靜描述以外，直接以國臺語流行歌曲入詩（此處的〈燈光〉為二〇一六年第二十七屆金曲獎最佳新人獎得主謝震廷之獲獎專輯中，最廣為人知的歌；而〈無人熟識〉，所指的當然是被譽為歌壇「東方不敗」之張清芳的經典金曲），則是筆者企圖挽留曾於耳畔流淌之時代浪潮的一點小小心思。

六、〈四十不惑〉全詩只有三個符號，如何詮釋？

答：

舉例來看，當我們發現瘂弦為了想要表達心中「沒有什麼現在正在死去」的繁思鬱情，而使用的具象化描述——「今天的雲抄襲昨天的雲」時，讀者當然可以將此處的「雲」看成是詩人於某時某地目睹的天頂風光，但除此之外，更多時候「雲」勾繹起的各式聯想，往往只跟心中虛擬而抽象的體悟感觸，密不可分。也就是說，如何串聯虛實、出入內外，實為閱讀文學作品（尤其是現代詩）時必須戮力攻破的重大關卡。

進而言之，面對詩中的「符號」，或許亦該如是觀！就此詩之表層現象而言，讀者所能直接掌握的，便是作為詩題的孔子名言——「四十不惑」，以及「？」、「！」和「……」這三個常見的標點符號：而在經典語錄與日常標點之間、在聖人言行與自身體驗之間，是否也蘊含了兩極碰撞、綻放火光的可能？我想，是有機會的。

首先，誠然「四十而不惑」是孔子的生命實錄；然而，當時移世易後，我們有多少人真能在四十歲左右，就臻於「不惑」？因此，〈四十不惑〉的第一種讀法，是將「四十不惑」這四字視為一個完整的語句，而問號、驚嘆號與刪節號，則為個人對孔子話語的讀後感想——「『四十』，就可『不惑』？這怎麼可能！因為，我……」。

至於第二種讀法，則跟這首詩的創作背景有關：正如〈後記〉所言，《琥珀愛》的誕生，很大程度是為了回應「青壯後、中年前的種種刀劍逼迫、關卡連綿」：這其中，當然也涵括了隨年歲漸增而來的重重激盪——因此，對於〈四十不惑〉的另一種解讀，或可先將詩題拆分為「四十」、「不」和「惑」三者，再與「？」、「！」、「……」一一對應：已經四十歲了？不！不！這怎麼可能！但，該來的總會來，該發生的就會發生……。

七、你提到詩集後半部，寫的是「普遍的人生之情」，輯三彷彿是要救治身心一切的負面感覺，輯四則是「搖晃記憶，調配眼光」，想要以筆展示「美好」。我這樣理解，對嗎？

答：

最壞的，與最好的，可以擠進同一個時代；冰與火，也能自然而然地，齊唱；而在做與不做之間，深具張力的問題或戲劇，亦徐徐鋪展、供人閱覽。

感謝自己，擁有如同C大調般，明亮、穩定、開闊的生命基調；但自我內心的劇烈矛盾，以及外在世界時時洶湧的兇猛撞擊，卻也真實活著。

感謝上天，給了我一隻近視的右眼與一隻遠視的左眼，讓我能夠兼容高城與曠鄉的瘋狂，並蓄自然與人世的美好。

但，若手中的筆指尖的鍵心頭的念，仍有選擇的機會，我仍然願意為自己聽聞過的、浸潤過的美好，盡一點力——只因我相信，當天地都將廢去，愛，仍能永存。

八、瘋狂與死亡在輯三出現不少，前者如〈瘋狂畫家〉、〈瘋子〉，後者如〈感殤〉、〈走上吉安〉、〈繪死〉。請說明。

答：

何謂人生？

一爐爐表面安好但內裡滾燙且高溫氣體早已時不時從七竅竄出的壓力鍋。一幕幕鮮血湧流卻又彷彿冰冷失溫的黑白畫面。惡臭巨響震動此起彼落雜生亂長的交響樂章電子噪音。低分低薪低營養高壓高脂高房價的同卵雙胞胎。

在我看來，當見山是山的眼光緩緩飄移，當現世的地震海嘯讓心靈不斷土石流之後，瘋狂與死亡，本就是因應見山不是山而來的，必然收穫：而唯一的差別僅僅在於，有些觸及到死與瘋的詩作，背景搶眼、脈絡牢固，令人無法淡忘——例如〈瘋狂畫家〉，即源於電影《隱藏的畫家》（Hidden Away，義大利原片名為 Volevo nascondermi）中安東尼奧·利加布（Antonio Ligabue）之獨特丰姿，與筆者自身體驗的交融；又或者是〈走上吉安〉，乃是為了二〇二一年四月所發生的臺鐵「太魯閣號」事故所寫。而有些我還能以字裡行間收納的異常，其緣起之初，故事輪廓並不鮮明，但當詩篇底定後，其餘波卻能與天地間所有頻率相近的死亡與瘋狂，共蕩漾。

九、然而，在輯四，有了「撫慰」（〈慰撫〉）；盼望「你對我傾囊／相授／相助」（〈湯圓〉）；天地「總會晴朗」（〈氣象報導〉）；即便「城市邊緣的傷」，都能「獲救」（〈獲救〉）；連貓都在聽「新詩發表會」（〈貓在聽〉）等等。是嗎？

答：

遠方——甚至近在眼前的家庭、學校、社會，也是——的的確確有戰爭！哪怕只透過手機螢幕的轉述，我們也曾為了妻子身在烏克蘭的音樂夥伴，砲彈砸屋、烈火焚城的遭遇而哀慟。

至於所有關於公理與正義的問題，其實也一直都被許多不具聲量、不被彩繪的無名英雄，放在胸膛、握於掌中；直到，無聲睡去。

但對一切廣義的藝術家而言，創作之過程必然是有的放矢——不論是將我們的心光磨成利箭射向無以名之但又真切渴望的遙遠星系，抑或是坦然接受世界投擲的刀械槍砲剛好命中了內在最玻璃的那一頁。換言之，我，（至少目前）只能書寫，我的感動；而社長所問的輯四詩篇，正是自身因感而動、由心到筆的部分見證——不論是爵士音樂會、紫花地丁、應景食物或陌生卻又願意親近我的貓，皆如鯁在喉、不吐不快。

十、最後我想提問有關詩的形式問題：

（一）你習慣一行之內斷句，或二、三句成一行，在你詩中這種現象相當普遍，何故？

（二）你有幾首句型整齊的作品，如〈替成群的緩慢傷悲〉全詩四段，每段四行，每行十二字；〈湛藍的歌〉全詩六段，每段四行，每行十字；〈筆粉——致教師〉全詩三段，每段四行，前後每行十三字，中間每行六字。考量的是什麼？

（三）你的排比句不少，甚至有全篇排比，其設計之美學為何？

答：

由象達意、言意共舞，始終是我的核心詩觀；而所謂的「象」，至少對我來說，除了由字詞組成的各式可感形象以外，透過組句成行、串行為段的篇章整體設計，詩作中憑藉段落或詩行所呈顯的形式樣態，也是足以傳意、動心的鮮明之「象」——由此觀之，則不管是李教授指出的「二、三句成一行」，或「排比」句型的運用，其根本動機，便皆可說是為了聯結內外、虛實而做出的嘗試：關於前者，或可用居於集內正文之末的〈感時〉，試作說明：

當髮絲只記得減法
星光隱居
萍　水　未相逢
各自波動

各自　睡
人生如繭
詩　心鑄的彩翼

相對於其他整句一氣呵成不作截斷的詩行，上述第三、五、七行，皆有單一字詞離群索居的現象——而在〈感時〉中，不論是刻意被拉開距離的「萍」和「水」，又或是獨佔末行之首的「詩」，其形式設計上的用心，皆以如何突顯詩意，為優先考量：像是通過「萍　水　未相逢」之中的兩處空白，我欲暗示生命旅程內無法抹滅的孤絕與獨存；而藉由與「心鑄的彩翼」既彼此隔斷又同處一行的表現，筆者對「詩」之為物的部分見解，便有機會透過彷彿不同畫面的連續出現，無言而具體地獲得抒發。

至於對「排比」的使用，則可用〈替成群的緩慢傷悲〉為討論範例：根據臉書的提醒，此詩初稿寫於二〇一九年九月十五日，原題為〈上教會前以等餐的時光為祭〉；而之所以將線索較為清晰的舊題改成「替成群的緩慢傷悲」，則是出於經由當天獨特的早餐時光洗禮後，我突然很想為自己及世界上一切「緩慢」的存在，寫一首詩——但由於，我想側重的面向是「傷悲」，故而從初稿開始，便以通篇排比且每行字數略多的方式來投映內心感觸。

最後，我想淺談一下〈筆粉——致教師〉這首詩的形式用意——此詩之所以要在段落和詩行上，呈現出第一、三段齊高，而第二段每行則同樣低矮的特色，目的便是希望讀者能在直式閱讀的過程中，將整首詩隱隱然看成一個放大的「凹」字；更進一步來說，若將「凹」不斷在想像的視角裡往左右拉伸，則「凹」字正中間上方的留白處，就有機會逐漸放大，近似於巨大的長方形——而這，便是我為與自己常相廝守，永遠默默承受粉筆刻劃的「黑板」，所設置的虛擬之舞臺。換句話說，若教師可被稱為「筆」之忠實「粉」絲，在這首書寫教師形象的詩作裡，又怎能不為總是默默陪伴筆跡、筆灰與「筆粉」的黑板，留下一席之地呢？

推薦短語

這是一本以情感為基底所鋪構的詩意文字！朱天透過敏銳的感受，運用精鍊的文字，將「我」的本體向世界開放，也讓世界進入自我。值得願意聆聽自我的人，細細品味。

——國立政治大學教務長、國立政治大學中國文學系特聘教授　林啓屏

推薦序　時間釀成的蜜

國立臺灣大學中國文學系教授　洪淑苓

朱天寫信邀我看看他的新詩集《琥珀愛》，希望我幫他寫寫序文。我一看書名就立刻答應了，因為其中的「琥珀」二字，非常具有時間意義，引人深思。琥珀是松脂的化石，原本液態的樹脂歷經地層擠壓等作用，才形成透明或半透明的產物，它代表幾千萬年的時間積澱，人們視如珍寶。那麼，這一本名為《琥珀愛》的詩集，必然也蘊含朱天多年來生命歷練的感想與成果，我很樂意搶先拜讀，仔細品味其中的蘊意，為讀者推介這本優秀的詩集。

朱天以現代詩學理論研究取得博士學位，而後在高中擔任國文教師。但他一直維持創作的能量，也獲得不少詩獎，已經出版《野獸花》、《沼澤風》兩本詩集。濃烈的情感、深沉的思考以及帶有繁複技巧的創作手法，是我對他詩作的印象。這也像他的外表給人的感覺，沉穩、專注，看人時眼神發亮，總帶著淺淺的微笑，是個純樸有內涵的文學人。

一、父後的書寫與愛的曲調

在這第三本詩集《琥珀愛》裡，我仍然讀到他內在誠摯的情感。「輯一、C大調」即是寫給父母、妻子、師友、學生的詩。開卷四篇聚焦於父後的書寫，〈赴死〉寫父親臨終前兩日到病歿的情景，他看到父親的肉身受折磨，但也為父親刻劃堅毅的形象：

他主動赴死
以肉身殲滅命運
迫擊人間　最後一次離床
錘鑄自己　成就一枚動章

接著〈燕巢　深水〉一詩更為父親寫下傳記，那是自大陸到臺灣，顛沛流離的前半生，以及勤樸守拙的後半生：

雲說　南方生下他
國小沒畢業　長達半生的校外教學被迫出發
〔……〕
國家輸給歷史後　他專心打人生的仗
在島嶼尾端最大港　指揮山海吞吐日月
紮營公寓五樓　持續鏖戰生活
〔……〕
父的流離　有壕溝有鋼盔有鄉音
海沉默地沉沒所有光與暗
子的堅持　對城市對講臺對鍵盤

詩中藉由勾勒父親的一生，也帶出父子兩代之間的對比，其中蘊含的是對父親的悼念、不捨，乃至於也為父親和他同輩人寫下時代的悲歌。〈夢話〉、〈續集〉都延續對父親的思念，並反思自身的處境，以此展現思念不絕，生命之火亦延續不絕。

朱天以這四首詩來書寫父親，各篇彼此呼應，有如安靜的室內樂，層次井然，卻有澎湃動人的情感。

〈母者三態〉、〈背對〉寫母親，卻與父親有絲絲縷縷的牽絆，顯現一個人丁單薄的小家庭，其生活之不易。尤其父親離世後，母與子的關係，由相依相賴而漸行漸遠，只因孩子嚮往振翅高飛，而母親只能閉鎖自己，困居在家。朱天用鈍、澀的筆，寫出這其中的糾結。這些作品看似對母親淡漠，其實更有掛心、放不下的孺慕之情。

本輯中寫給妻子的詩不少，〈銅婚〉、〈待月的溫柔〉、〈交界〉、〈心黏〉等，都以瑰麗的詞采寫下為人夫者的深情。結婚第七年叫銅婚，寓意比鐵更牢靠，不會生鏽，婚姻之路歷久彌堅。請看朱天如何述說：

相愛步伐　七遍溫習
上帝引路的循環　在愛裡
我們是一個人　日日展翅
吃本土的飯　配異國咖哩
滿花樹下橘貓眠　轉角如油畫

頭頂戰機來回　怒　活不過日落
窗生大海　蒂芬妮藍

朱天夫婦篤信《聖經》教義，在臺東落腳，這裡的飲食、生活和風景，藍天碧海，以及頭頂不時飛過的戰機，都是日常的寫照。而他們就在這裡，相愛相守，有新詩有聖歌的日子，著實讓人羨慕。我也很喜歡〈待月的溫柔〉裡寫的，「生活　栽滿鮮玫瑰與乾燥花」，但也像魔術方塊的轉動，也有陰暗與光亮的兩面，無論是憂是喜，夫妻二人共處，都得一起承受。而這樣的心情波動後，兩人在月下攜手散步，情境是這麼美：

以背影　夜裡犁出我倆的路
散步　當鐵道早已休憩
火山岩孵成鵝卵石

鐵道、鵝卵石，這也是東海岸的特色景觀，生活在其中，情感也在其中。真想問朱天，你們的理想典型是沈三白和芸娘，還是錢鍾書和楊絳。

本輯還有為老師、學生而寫的作品。〈失明夜〉、〈蝶唱〉是為其指導教授柯慶明先生而寫，朱天對柯教授的敬仰與哀思，溢於言表。而〈東鐘〉是寫給自己任教的臺東高中的畢業生，展現朱天投身教育的另一面。

「C大調」在樂譜上是最基礎的調號，而大調又是愉悅明快的氣氛，朱天的這一輯「C大調」是由家人、師生、友朋共同譜成的愛的曲調。

二、奇詭深刻與幽默自嘲的自剖

相較於第一輯的抒情傾向，第二輯「沼澤山羊，風中魚」把焦點轉向自我的剖析與對話。在這一輯可以看到朱天語言風格的多變，在冷峻的修辭下，偶爾突出一記，讓人哭笑不得。譬如〈自拍〉：

以尾作鰭
拍打四季為暗潮
奏鳴世界
陪伴陌生靈魂

沉默最助燃
寒喧　好比過期冰棒
火說布丁好吃
火　是我的矛盾呼吸
遺憾　如鼻毛外露

山羊有尾鰭，拍打浪潮，頗有超現實的意味，而且意象鮮明，對讀者的衝擊力道不小。到了後半，冰棒、布丁之喻，都可掌握這是自我與外界接觸時的手段和反差，到末尾「遺憾　如鼻毛外露」更令人拍案叫絕了，令人聯想火冒三丈的畫面，但偏偏又有小火星從鼻孔竄出——這是對世俗的嗤之以鼻，還是莫可奈何呢？

朱天是我在臺大臺文所擔任合聘教師時認識的學生，他提交碩士論文畢業口考時，我剛好人在美國訪問研究，無緣參與口考。待我回國後，他還特地約我討論他的論文。我一直以為他是認真嚴謹型的研究生，沒想到他竟有如此犀利又幽默的功力。他的自剖詩，讓我聯想起商禽的〈火雞〉、〈滅火機〉等詩，都是帶著自嘲、幽默，但寫出了真真實實的人性與自我。又如這首〈自我介紹〉：

把山吹向風中　我能
用閃電針灸自己　與親近的他者
打通鼻塞中年　過敏轉角

用閃電來針灸，真是奇特的聯想。鼻塞中年，卻是十足的自我解嘲。又有〈武生〉，全篇套用武俠小說的掌故，卻是一個落寞的俠客身影：

劍和酒　皆是我遙不可及的島

桃花漫落
時間以最飄渺微妙的步伐
陪伴我　超越我　無視我
降龍的理想　求敗的自嘲

肚腹吞河吸星　之後
人海中一再嘔吐
盛唐不再　剩糖永存於心血管
江湖已被他者的鏡頭稱霸
光明峰頂　常被圍攻

金庸迷一眼就可破解詩中的掌故，然而盛唐、剩糖的諧音，也暗喻身為詩人的自我，已經無法參與盛世風華，甚至被他者排擠，成為江湖的邊緣人。

自女性主義思潮興起，研究者常常注重女性形象的刻劃問題。但朱天這一輯「沼澤山羊，風中魚」卻有太多屬於男性成長、男性形象的自我刻劃的作品。可喜的是，不再是伊底帕斯式的情結，而是不斷從各個層面挖掘自我，聯想奇特，翻新出奇，從高處崩落，自我解嘲，讓人忍俊不住，卻也為其真實的話語而震撼。

三、在破碎與罅隙的路上吟詩

第三輯「龍舟碾過蝴蝶蘭」，輯名如同上一輯的命題令人感到驚奇，水上龍舟如何碾過陸上的蝴蝶蘭？顯然，又是一個超現實的意象衝撞，試圖引發讀者更進一步的沉思。本輯從卷首〈瘋狂畫家〉起，大多是沉重的筆觸，文氣的密集震盪、意象的鑲嵌套疊，更達到高峰之作。譬如〈瘋狂畫家〉，以兩行一段的方式組成，起手式便有雷霆萬鈞之勢：

怒吼回應雷聲　直拳攻擊閃電
不停揮手不斷縮腳不住彎腰

舌面調製顏料　唇齒呼喚神韻

沮喪臨頭　彩繪火雞

又如〈四月血〉，寫杜鵑花盛放而凋零。開頭一段，「四月　殘酷如其他手足／校園杜鵑突然早睡後　唯一／坦露的紅　在眼／也在天」，有取法艾略特《荒原》的意味，而後對此殘景的描繪：

花瓣與晚霞都是交流道
人類脈搏　只准單行
星光默默鍛燒最後的冷鋒
四月歇業　夏季趕集

從這首詩可看到朱天對於人世間種種遊戲規則，了然於胸，但又有莫可奈何之感嘆。事實上，又有誰能夠真正扭轉乾坤、自強不息呢？於是，我翻到了〈與世界大戰第一次〉這一頁，這是朱天給的答案嗎？詩的開始就喊出「除了寄生／還能作戰」的戰鬥口號，要勇敢「面對明槍暗箭新型謠言傳統病毒／匍匐　逆向　單行」，詩中所描繪的，是報紙新聞版面的虛假以及各種生存困境，但朱天呼籲我們不能逃避，必須「深入生命前線／真實　唯一戰略」。這首詩我直覺和新冠疫情有關，當人們面對這一波病毒的襲擊，就像久違了的世界大戰一樣。但朱天並沒有特別貼近這樣的時空背景，他反而把局面擴大，變成人類面對所有的危機與困境，在詩中對作戰有不少生動的描寫：

肉搏體制　刀劈黑箱　吶喊空谷
斷的源　殘的臂　砲聲伴奏

眼中霧起　耳內潮漲
後現代的希望　更危險　更日常

第一次　最可怕
敵方連老鼠都比我們大

面對這強大無比的敵方，朱天並不退怯。他也了解，「與世界大戰時間是不公的裁判／不論成敗　蟬蛹般枯守」。他更有放手一搏的膽識，頂多是這樣的結局和另起爐灶：

等錯月臺　買另一張票重來
指尖的筆主動向超越劇本替宇宙打光的燈祈禱

背倚老樹　箕坐落花
蒲公英理完髮　升空

結尾裡的這位勇士，趺坐老樹下，落花如雨。而蒲公英一句，真是奇思妙想，蒲公英迎風飄飛，自在輕盈，升空，是自由也是對未來的期盼。

朱天在〈後記〉對這一輯的解說，也指出了他看到世界的黑暗，陰鬱，但他仍然相信「世界雖殘酷，卻始終不缺美善」。如同輯名「龍舟碾過蝴蝶蘭」的暗示，那必然是破碎的，充滿罅隙的一條道路，但朱天以詩人之姿，吟遊在這條道路上，他的筆寫下黑暗與痛苦，也為光明而祈禱。

四、音樂、飲食和詩的交會

經過第三輯的重金屬敲擊，第四輯「流動成畫」彷彿是一部輕歌劇的演出，裡面有音樂、美食和一些軟性的題材。前幾輯的作品中，已可看見朱天對於音樂的描摹與借用，而本輯〈小題情——二〇一九利卡夢梅之宴戶外音樂會速寫〉等詩作，則以更完整的篇幅來寫音樂與心靈的匯通；〈慰撫〉甚至帶出山與海的奏鳴，彷彿火車前進，一切景物、聲響都成為音樂的對應。這些作品讓我相信朱天深諳詩與音樂的共通性和互相闡發之處。

另外也有對於飲食的描寫和譬喻，開卷的〈慰撫〉，翻轉「生米煮成熟飯」的俗諺，而企圖「期盼　熟飯搖回生米／稻穀搖回垂穗」。本詩關鍵之處在於，朱天把我們當下的處境譬喻為如陷落碗底的米粒，我們渴望搖動、震盪，渴望時空逆轉，回到生命的最初。又如〈湯圓〉、〈檸檬塔〉與寫苦茶的〈苦後〉，都是尋常飲食，朱天卻能別出心裁，賦予新意。飲食文學正當興盛，朱天的這類作品，提供了新的面向。

本輯中，〈讀詩的時候〉是朱天自我的寫照，但不像第二輯的自剖，而是自述創作手法以及美學感知的模式，更有身為詩人的自豪與期許：

我樂於生養意義　代代相傳
一遍遍
與文字金婚

世界的體重　驟降
鍵盤提前靜止　筆墨歸家
字詞句躍動不休　試圖壓穩生活
表面虛浮　應聲破碎
直落滾燙地心
隱約中　象鳴響起

祕密呼應
宇宙的最初

與文字「金婚」，說得俏皮可愛，卻也深情如許。而詩人在世界變動、鍵盤靜止之下，所思所寫仍然雀躍不已，直探宇宙的本心，這無異說出了創作者共同的奧祕。我想這也是朱天創作不輟的重要動力。

五、尾韻

朱天在這本詩集中的創作手法多變，有圖像詩，如〈四十不惑〉；運用散文詩的形式者，如〈被愛著〉、〈回聲般傾訴〉；也有以論文、理論的形式來寫，如〈悲劇四論〉、〈精神分析〉等。朱天具有學術研究的實力，又鍾情於創作，所以他也試著在創作上進行各種試驗，將創意和技巧融於一爐。他的努力和成果，在這本詩集裡處處可見。

我用「時間釀成的蜜」來呼應這本詩集《琥珀愛》的命名，我也從中看到朱天對家人師友的親愛和諧。更重要的是，琥珀中常常包含著上古的小生物，和時間一起凝固。那小生物可能是美也可能是醜，但和琥珀融為一體，已經自成寬容宏大的世界。這一本《琥珀愛》也是朱天沉思自我，包容萬事萬物的生命之書。

恭喜朱天出版第三本詩集，期待你更多更多的作品。

序詩　霧禱

我們在天上的霧，請滋潤只能活在夜裡的淚落土的珠，發育、懂事，靈巧成破曉燕的呢喃；讓我們每句抱怨準確如箭、明快似剪，像每朝必定收割夢之餘韻的尾羽；春去秋回，酒窩同時醞釀笑與苦；請讓體內的霾粒，不再糾纏視神經，讓我們心中的願不再經歷山崩與海嘯；左鄰的狗於無人處會默想，右舍的嬰能控制節奏哭泣；請讓風從窗戶內外牆壁前後心與星之間對流，讓每一回收藏著光的睡眠都沉靜熟透——宛如史前大澤，餵養隔日生命，復活必死未來；哭吧，哭吧，我們才不致乾渴；地底的軟弱，天上的霧。

目次

輯四　流動成畫

輯一

C大調

赴死

父死前三天　我仍渡河
疾疾　水流似異域
迎面對撞
拖鞋背棄軟弱的左腳
投奔人多勢眾的下游
足紋親密接觸泥濘與尖石　之後
拔起往昔　插入當下
禱告　顛簸回起點
另一隻右鞋瞬息浮現　激湍快遞
雙腳都對了

父死前兩日　天澄澈
如新磨的水晶體

睥睨渾沌海面
波紋　油彩般不規則
擾動遠方來風
塗鴉了我們的命運書
毛細孔中的遺憾　纖維化
思念抽繹
編織故事的未知章節
鏤　空
而低溫

父死前夕
強烈冷氣團趁夜急行軍
肆虐季節間隙
盡力撲殺敢於暗處發聲的花苞
天頂　路口　雙眼
逐次奄奄

窗玻璃哭得比電視螢幕上的悲劇
更淒厲　那一夜
聖經突然翻到　「溫柔的人
必承受地土」
紙張太薄
容不下任何解釋

爸常泡的奶粉加麥片
難以被歲時消化
筆直了將近一世紀的脊骨和語氣　終於蜿蜒
軟成漿糊
滯濁　慘白
液態記憶苦苦沾黏虹膜
遮擋彼此的未來
侵蝕界線　在躺臥維生
與翻身墜落　之間

他主動赴死
以肉身殲滅命運
迫擊人間　最後一次離床
錘鑄自己　成就一枚勳章

燕巢　深水

雲說　南方生下他
國小沒畢業　長達半生的校外教學被迫出發
沒帶玩具　只握刀槍

幼雛般懵懂　前方塵沙　他牢牢跟從
反覆斬首　似燕尾來回裁裂天地
帳幕是動蕩的窩　故鄉　恍若碎銀河

國家輸給歷史後　他專心打人生的仗
在島嶼尾端最大港　指揮山海吞吐日月
紮營公寓五樓　持續鏖戰生活

他的新婚　城市邊緣
故事如陽臺蔓生九重葛　葳蕤　漸垂
我的新生　被三十坪公寓守護

我全能的父啊　在童年
烹飪下棋釣魚園藝看小說聽黑膠玩攝影安排旅行故障修理
世界裝不下　他　住進回憶

父的流離　有壕溝有鋼盔有鄉音
海沉默地沉沒所有光與暗
子的堅持　對城市對講臺對鍵盤

賽場上倒數聲狠狠逼近　只記得如何老去
雙腳交錯落鏈　馬達隨機梗塞
墜落時激盪的短促風聲　伴奏　遺言帶鄉音

（不要平靜　請奮鬥
面向時代　再冷都要誠實
僅有的姿勢　殺與被殺）

未來曆法　死亡重新演繹
三月二日　等於　永恆背影
春　不願離席的　餘韻

山櫻固定點煙花
燕　巢於　深水
芭樂結果青脆甜

父親碎去
火後泥鐔
恆靜獨睡

通過粉碎與高溫　我　領受
光　持續掃瞄迎面的考卷與詳解
白晝聽課　黃昏競走　晚班輪值

不再被動長大　當生鏽法令紋不再勾動虎嘯
腦海中央　峰巒持續抬升　如曾經背脊嶙峋
記憶是核子　不斷更新　灰過的時序與疆域

註：高雄市軍人忠靈祠之一，長期駐守燕巢區深水里。

夢話

思念　仍如春草　霸佔四季
我不信所有茂盛　只是單行

你終於突兀出席　在無名夢境
夜再度同理我　星針繡出父顏

鼻翼飽滿　彷彿沒被歲月手術
你說得不快　似乎怕遺言超速

鴿群　恆常盤旋童年黃昏
總有翅膀　落單成　隕石

我記得　很慢　在清晨　臨摹　夢境
心中唯有　比雨後溼意更輕的　確信

你平安離開　我始終被愛
最重要的　只在日常說完

（轉彎　務必與前方巨大陰影保持距離
油門與煞車　不該同時用力　只因畏懼）

我要把夢話　說給除溼機聽
用透明筆跡譜寫　爽朗續集

續集

時間離開你　我持續
尋覓顏彩　與你共振
當寒風未完全死去
欖仁　撐住初春
最高一叢紅

葉片寬厚　恍若你
手掌曾顫動　拍
小男孩　打
大時代　跋涉過的
邦國　坑疤處處
外貌善變

四周青澀的夢　一頁接一頁
安放在壅塞市區
你堅持高舉臂膀
自焚　助燃跨年煙火
紅色系碎鑽　日夜點綴
秋天到冬天　稀有的溫暖
冬天到春天　崇高的浪漫

穿戴體內湧流之鮮血於皮膚
父　習慣默語
截光為圖　反覆蛻化
供我臨摹　鐫刻大腦皺褶
紅綠交錯升降
冷暖內外交流
當你離開　時間持續
鍛造我　一滅　一明

母者三態

隧道推擠　世界進入我
呼吸風中光與淚中沙　同時
隧道封閉　母親守著墨與默　繼續

母親長成鐘乳石　點滴了時間
不懂移動　我　抽高如石筍
心深壓於岩底　漸燙　欲飛
方向　洞窟不懂

當童年突然墜落　塔上生灰
父囑咐過的數字　手掌已不知如何轉動
祕密渴望陪伴　記憶逐漸熬乾
等待冷藏

吾母　如鎖　始終

註：此為二〇二四全球華文新詩詞創作大賽公開組銀獎詩作。

背對

太陽上班　如常
我趨近　她暫泊的灣
沿秋意旋轉之弧度
我們遲遲踱步　如街角灰冠厤鷺
緩緩　尋找餐廳與坐姿
佳餚與話語　掙扎
為一頓飯
與相聚

依父與死合寫之劇本
子離開母
︵她以弱於甜根子草之彈性
折腰　撿拾口罩

被風搶掠的）
母反向子
（後視鏡靜默播放
她彎曲　我心跳
車窗玻璃突然癲癇）

旅程句點　晚霞傾斜鉤勒
童年的南方的海彷彿被時間整形
頭戴碩大如悲劇之闇雲
海面與穹頂　橘紅與靛黑
生硬縫合　被不成比例的萎縮的天光
暖日沉降　冷月爬升
指揮　由不成比例的堅定的目光
當彼此　背轉現在
（母親不知何時買了蓮子湯
塞入掌中）正對未來：

我們
被
這一生
緩緩
吃
盡
恍若
從未
發生
過

回聲般傾訴

暮海生彩虹。
熱帶伸出雙臂擁抱陽光，天空藍得如同所有幽暗都順著
古早古早以前便朝東南飛去的孔雀尾翎鳴叫之方向潛逃
當烏鴉一再一再降臨心底的海蝕地形：妳說我沒錯只是
比較衰。。。。。。吃掉花草吞下石階咀嚼山丘才發現
時間最營養——把自己壓縮為再也不讀的相片檔，把風
景建築成足以容納良心的詩！妳問為何雲間會垂下七色
筆觸溫柔按摩礁岩的黝黑，我說一切悲哀都值得有安慰
儘管人生規劃就像牛排費心烹調卻在送餐過程迷路直到
盤面肉塊宣布罷工重新奔向正與星光熱吻之草叢，直到
眼珠的視野低於露珠，直到千萬億年末群星塌陷我們也
追不上最初的大爆炸爆炸爆炸之上的聲響！有妳才有我⋯⋯
虹彩生海暮。

愛的獵戶

星
月
牽
手
成
一
把
弓

無盡的箭
你我　回眸

弦　不斷拉動
靈魂相遇激盪風

左眼今生
右眼天堂
同行腳步　伴奏
心靈　收網

吵

淡　淡　生活
日常縫隙　板塊擠出尖叫
似戰鬥機刺穿平靜

手指是飛彈　幾乎瞄準對方瞳孔
眼緣露珠　震顫欲裂
當思緒恍若髒流星
彼此大腦　逐漸飄移
決定從此刻
各自信仰形形色色的太陽

手臂是輕軌
無聲　聯通破口

環狀起
我們的心隙

銅婚

相愛步伐　七遍溫習
上帝引路的循環　在愛裡
我們是一個人　日日展翅
吃本土的飯　配異國咖哩
滿花樹下橘貓眠　轉角如油畫
頭頂戰機來回　怒　活不過日落
窗生大海　蒂芬妮藍

待月的溫柔

雙眼距離天頂的圓滿　有時
須以光年為節拍器　倒數
生活　栽滿鮮玫瑰與乾燥花

魔術方塊般翻轉
我們　必與暗面相遇
溫柔之實踐　用手用腳

點點顛簸　點點缺口
破碎如　波　光
靜默似月下伏牛

以背影　夜裡犁出我倆的路
散步　當鐵道早已休憩
火山岩孵成鵝卵石

交界

海風催促光陰
熬煮　六月
放涼後　記憶如冬瓜茶
你在肩旁　家在前彎

鄉道漸沉如墨
天光　剎那清澄
夜的序曲　晝的尾聲
車燈坎　坷　指揮

夏蟲挾帶心事
埋頭衝撞燈罩與肌膚
迴響　眷戀腦海

激動漣漪拍擊高樓

啪嗒啪
嗒　啪嗒啪嗒
啪嗒

神在打字

心黏

有些雲　開了
有些自閉

有些風藍　徘徊　髮際
有些灰　編織視野

路邊垃圾桶滿載過去
留戀現在　微臭

湖中央依舊雋夐如玉　無法打撈
收留日夜的停車格　邊緣探覓

你的心是最黏我的零件　彷彿
琴橋撐起鋼弦　我撐起屋頂
風雲左右拉扯　命運冷暖吟哦
名為家的協奏曲
鬆緊之間　我們難免
躊躇　等光　調音

大寒之後

從我毛孔開隧道　等你
沿動脈　移植白楊
樹枒築巢　我們　窺世界的祕
光漸暖　放任體液從骨縫奔流
梳洗圓潤關係　你　應允同行
壓縮他人口舌輻射的附加檔案　學習
城市壓縮傷口　山岳壓縮地圖
鐘乳石發紫　步履起伏成吊橋上的音符
抵達終點　記憶　不斷崩落闇面
眼睫閃電　鑿深心窩的瀑布

除夕

餅乾盒除以手
等於空城
除以口
等於松鼠

嚴冬
除以床　等於春
夢想
除以鞋　等於泡沫
錢
除以生命　等於枯葉

過去除以眼淚
等於你　除以愛
等於森林大火

我們
等於
星夜
除以
夕

沒有兔的日子

每頓都快餐
每截路口都車禍
每部電梯　心肌梗塞
每扇窗　偷哭

只能獨享紅蘿蔔
只能吃紅色纖維滋補眼球
只能用隔壁的二手菸伴舞餐碗狼煙
只能等湧入鼻孔的霧　自殺

在跑步機與玻璃上不熟的自己賽跑
在電視螢幕前與歌詞描述的自己合唱
在人群深處與商鋪推銷的自己競價

在運河旁與淤滯的自己齊禱

樓道扭成迷宮　我推敲不出逃生門的密碼
車潮沖來隕石　我想像不到流星雨的幸福
冬夜逐漸褪皮　我點燃不著與絨毛同溫的回憶
熊群吃盡綿羊　我安撫不了沒有兔子躺躺的夢

海獺之愛

牽著手
睡成家

時間　浪
皆無聲

沖不散
彼此的鼾

記憶如脂油
歲月　晶釀

我陪你

暴雨突襲霧霾之城
我陪你　一起髒

金箔般的花瓣決定鑲嵌柏油路面
我陪你　一起葬

當東北季風如單曲循環　當洛神花舉杯欲醉
我陪你　繼續昏

飢餓讓生活更深邃　跌墜讓時間更立體
我陪你　吃自己

電視螢幕忍不住騙自己　挫折感忍不住從肛門離家
我陪你　淨　化
苦難如便利貼　信心似手機訊號
我陪你　放聲唱
飛機專挑頭頂任性起舞　買不到雲霞駕駛的往返機票
我陪你　手舉高
現在充滿矇矓汙漬　未來是上鎖的窗
我陪你　撲太陽

歸屬

山抓牢粉白棉被　怕冷
怕起床時晨曦被東北季風冷嘲
不夠燙　嘶吼過的花不想再喊
夏季的綠不願沸騰
窗前峰巒遂抱緊七夕傾吐之燦亮流光
潤成滿秋朝露

陽臺框穩山　怕記憶變形
怕雲上班後稜線靜靜蔓延成海岸
攔阻浪拍打天空　攔阻風吹砂
未來的畫
雙眼與鏡頭協力凝視
晚霞棲息於葉片

欒樹入夜　堅持燃燒

我長住在你　怕睡前的聆聽會被街燈側錄
怕流浪貓翻過矮牆叼走皮膚的春意
雨總在最暗的時分牧養街燈　點滴
點滴　我們的今天超過昨日的想像
我們的前方沒有鷹架
努力鍛鍊雙臂成翅膀飛向
風的來處
永恆歸屬

闌珊

最初
我是草
椰林環繞　你
謙默如蘭

我隨風生長　飄進校園
你　獨自
撐擴　山巒漫漫
身影漸漸　融為道化作路

瞬間地震後
你　君子般老去
四季似輪椅轉折

盛開　清晨至夜深的堅持
葳蕤凝聚　花瓣蜷縮
最終的　你
遠觀似峰頂枝枒上　如鑽之露
我已成木　仰望　闌珊

失明夜

突然斷訊　我與世界
螢幕暴射文字　蛻變雷電
瞳孔到大腦喉嚨到肺腑　處處野火
從記憶的銀河　我嘗試十指舀水
猛一失足
像被迫推至太空
我抓不住星　星抓不住光
眼神和筆跡都抓不住你
笑語和鈴聲
最惡夢的一夜
我脫卸皮膚與詞彙
淚液與情緒
坐成石像　定定望向牆壁

望向　目後

想像此季我又來到你匆匆如鐵馬踏板的腳前
傾訴疑問　比黑洞更饑饉
汲取　高處熱能
你　父一般的座標
我害怕　不知如何抵達
害怕抵達你的繁忙如亂流
遺忘如隕石浪潮
你的隻字是繩　片語如索
你的回應　彷彿氧氣
燒盡我
易燃的自信與自卑
不可回收的矛盾與無奈

——我想禱告　替你
悄悄　尊嚴　步入冬季
我不知如何張唇
命運飛竄　星球內外
不斷冷漠撞擊
你與我
終於互為彼此的背面
直到頭顱觸地　蓋章

恍　若　種籽返家
乘著最後一抹微涼春意
美成枝葉搖搖
詩　結實纍纍……

此夜起　我被迫失明
你的日月　依舊在

下一本書
健行

註：業師柯慶明教授，二〇一九年四月一日離世。
此詩為聽聞噩耗後，最初的心境寫照。

蝶唱

告別時　黑蝶款款
款款　從筆名「黑野」的詩集
草書於半空　飄迴旋舞
飛入新居

新居委身花後　從此
從此日月同行　為天地作文
流蘇譜序樂　杜鵑添尾韻
尾韻　毋須世界評鑑
高過世界的美的樂章　清唱

亮亮

有朋自六月來　送我亮亮
笑靨　如晨昏光影流動
似半熟蛋　溫柔

溫柔山巒纏妥漸層的雲狀圍巾
鹿撒完本日份的野
當暗夜徹底收復天空

城市舉燈自衛
星星替部落添暖
我們習慣　懸崖佐茶

以笑聲熱敷心頭瘀血
記憶是牛軋糖　不愛有門的房
不喜歡太彩霞的禮服

不重蹈導遊的覆轍
不耐煩眼瞳擊不穿世界
……雨落以後

我願亮亮　是
你的新名
當耳窩深處被交響的音樂會終於謝幕

人生不過像一款無廣告無攻略的遊戲
無法重來的
星軌圓滿

浸禮受洗　瘦身　午後雷陣雨
蟬噪打磨盛夏之鑰匙
我們禱告　發亮繩梯

過門

願鮮花與刺
編
織
今生如拱門

思風　情雨
城光　人影
輕重步履
紛紛就座

喧嘩　屏息　都準時
笑和淚　養胖歲月
以尊貴之誓約

指南

百年　一瞬
走過落英的鑲嵌
山巔　腳印擦亮
眼神安撫　幽谷

長大

從前　我望他者如名峰
你危坐教室首列　等高心中百岳
臉龐彷彿晨曦　照亮繁花

此後我向前　旁觀的眼球隨時炸彈
你遠去　人海中堅持成冰山
歲月滑倒在肌膚　無法縈營

時空重組　桌椅再次承載你我
話題流動距離不動
對望　探測　以眼底聲納

體悟瞳孔和殞星的血緣關係

未來　必然並肩聚光
樂園同遊

校外教學

中年前夕　相約
重逢　青春期馬尾

身邊飯店星光刺眼　路旁咖啡廳已先睡
此刻琥珀了我們　在超商生硬的免費座位

歡迎光臨　門外的三十七
速說廿年衝刺　半瓶水足以潤喉

感謝臉上書中皆罕言的淚
鹼性心靈　有益健康

遷移　以愛為起點

我右轉　你折返　都值得專屬的門
脫下隱形玻璃　靈魂之窗舒適敞開
戴上灰藍畫家帽　用表情繽紛心事

生活難免黑洞　分析不準關於陷溺的大數據
睡前替手機充電　忘了夢中秉燭

買預售的未來　敢不敢　償還緣分之貸款
何處求償情感的保固　何時扮演寵物

中論職場與性別的邏輯　翻譯溝通與攻擊的文法
驗算自由與自爆的異同　勘查出口與婚姻的距離

從教室畢業　在社會進修
無聲的教　有恨的學　校外亦考場

東鐘——致臺東高中畢業生

彷彿　若　有光
從太陽的起跑線　一棒接一棒
鐘聲　彷若海浪定時觸碰
難易懸殊的書頁　總是生嫩的臉面
我們不斷開啟　不斷關閉——
學習如何直播
心頭抽象的情感與思緒
怎樣連線歷史的背影　地理的腳印
該用公式破解卡關的數字習題
或以懂得聆聽的雙眼
實驗人際互動的化學反應
活用生命必然的物理定律

鐘聲不響　青澀的記憶不亮
我們是行星　依序前往
舞臺　值得閃耀：
午休　孵化未來的希望
認真打掃身心內外的垃圾　每日必須
自習課　好奇的獵場
考試時時來襲　激盪榮譽的浪
拔河　一年一度
全班聚成海嘯　盡情飛揚
校外教學在車上　學會珍惜
一生一綻的芬芳　牢記
大山以東　家鄉永恆駐防

註：本詩兩段之首行，依序化用〈桃花源記〉與〈錯誤〉之句型，藉此自己紀念在高中國文課本裡住過的歲月。

輯二

沼澤山羊，風中魚

本紀

宇宙是樹
過動
果實層疊
飽滿　寂寞

試圖鑽出外皮　我們是蟲
不斷蛻變　蠕動
渴望
碰觸另一道熾熱
藉擁抱　證明

每一個我
不平
凹
凸

自拍

我是山羊
以尾作鰭
拍打四季為暗潮
奏鳴世界
陪伴陌生靈魂

沉默最助燃
寒喧　好比過期冰棒
火說布丁好吃
火　是我的矛盾呼吸
遺憾　如鼻毛外露

自畫像

藍天白雲了整整一日
紅　重重　撇劃
鮮血遲遲不願　暗暗回痂
黑狠狠塞滿沒完沒了的夜
光　小　小一點
流星上班　向永恆舉火

自我介紹

把火植入土　我會
讓體內的熱恣意生長　如海
遠生暗雲　近臨夕照

把山吹向風中　我能
用閃電針灸自己　與親近的他者
打通鼻塞中年　過敏轉角

把傘與槳嫁接為雙翼　我願是地上羽族
對準矇矓如命運的蒼天　實驗信心
等一封信　寫滿鐘響與蔭涼

自衛

別
用他的
浪

洗
自己的
殼

用
自己的
殼

刷

世界的
髒

武生

起身　當書店地板凹陷出童年臀形
走向彼端　人生和島嶼
躲避風雨如暗器迴旋　懷揣回憶
正面對抗嚴冬獨鬥之寒冰真氣
憑藉熟練的孤獨　傳承於子宮

劍和酒　皆是我遙不可及的島
桃花漫落
時間以最飄渺微妙的步伐
陪伴我　超越我　無視我
降龍的理想　求敗的自嘲

肚腹吞河吸星　之後

人海中一再嘔吐
盛唐不再　剩糖永存於心血管
江湖已被他者的鏡頭稱霸
光明峰頂　常被圍攻

早年金燦太陽
體內黑洞消化
笑聲從旁人口齒洶湧直撲半生砌築的防波堤
成就感　一顆永遠長不大的仙丹
……直到北斗兜住心事追緝好幾世紀

彈指神通老
乾坤挪移亂
告別刻入背影的書架
逍遙折下未來每一朵梅
在熱帶　唱雪聲

求學

潔淨雙眼　敞亮如荒山路燈
照耀
藍腹鷴與大葉欖仁
霜和霓虹

世界及我之間　橋樑浮動
如同額葉和腦珊瑚
日記本與心潮
黑洞　希望

跳躍　或飛翔
內心到恆星的旅程
顏料流動

近乎無限

替髮絲之上心室之中
極盡空白的畫布　撰寫
意義之旋律
此生　彩排　不歇

講課

把全身　擲向海溝

撞擊現實
摩擦命運
合唱　與
另一顆心
無數波浪

當聲響消逝如同冷氣從常常關不好的門縫散逸
記憶　釋放回音
解密自己
與教室內外的空白
競舞

觀星

我　固守講臺
俯觀宇宙
鑽研解藥
為了黑　洞：

筆
順逆扭轉
試圖展演
自己
等於手指的　唯一
星環

書頁　汩汩翻湧
銀河洶洶　沖刷
現實之公式
理想之文法
失蹤　待尋

課桌　無聲
承接永恆
星球脫軌
盲
目
重
擊
椅子　持續孵化
夢想　與　屁

迸發不受控　如
流霞

鐘聲
擦亮廁所座標
召喚腸胃之鬥志
紅巨星
白矮星
同時光速
行軍

……
不論此生　是
否
太陽

歌生

在辦公室　無聲歌唱
嘆息　替耳機和音
為螢幕作曲　幫座椅呼吸
間奏　想像辦公桌上空未完的那闋詞

作誰的燈光　我不斷
反覆　自問
自答在角落

無人熟識

崩壁

雷電瞬間擦亮　前一秒已死
震盪　當下腳印　霧狀未來

我們努力前進　爬高
踩穩鞋印　如插秧苗
拔起腳掌　收成砂石與疲憊
汗漬結實累累　垂掛小腿肚
眼眶超載風光　閉目依舊立體
鳥鳴　山中唯一導航
樹幹紛紛穿起慘綠的時尚大衣　路旁納涼
我　喘氣向前
向上　如同被棄石頭依舊堅持仰臉

逐步搭建此生第一間房
山一般的心跳　嚮自勇於衝撞也安於被撞的胸膛
血液與汗水　積極拍打同一塊攔路石
暗金的地毯　松針早早織妥
連通回憶　漸糊漸冷

我的焦距之外　父早已走過
海峽兩岸戰線　比步道更崎嶇
老人安養中心　比懸崖更懸疑
躺入春天　是他
最接近詩的時刻
瞬間荒蕪　是我
心頭永遠的崩壁

有許多話想問　如同景色與瞳孔
被看臺分隔　冬雪和春風

被時間割裂
地圖永不記載
超過的距離　錯過的方向
山路停止旋轉之前　向
陽

咕孤

滿手孤獨
換不到一顆珍珠
拔盡夢想
我們淋漓成無羽的人
（為振翅飛騰
　震撼）
吶喊之後　流洩
液體固化成蛋
闔眼後

光才甦醒

（為血管的霧

　默哀）

破碎的　定睛仰望

湛藍明天

天　空到了加薩走廊

鴿子依舊　咕咕

追

背影向波濤
風高壯　浪絢麗
重重拍打光陰
光陰深陷成別人的模樣
深深切割山海
山海斷阻　無法從容踱過　我

趕赴一個人的馬拉松
白晝關住想像
心窗洩洪
深深呼氣
天空與湖　頓時
著火

頭頂微髮
自灰燼
踮腳

眾鳥
拖曳煙
遠山飛近

小徑環湖
芒草白首

南過

眼　不知不覺蓄滿淚
沉浮不休　每一朵光
向遠方　奮力揮手
等候傾斜的橋　緩降身旁
從白金鎔鑄的天空

我　努力上坡
腳栽為苗
頸鑄成笛
希望榨出汗
汗　應和潮聲

薰衣草色午覺

逐漸冷淡
季風吹動時間
吹不動吊床網孔
與　網孔之上的

當我再次旅客
水筆仔般的童年
海風過鹹　潮間帶日趨僵硬
如鬆餅上桌許久
連蜂蜜　也人工

過敏之路

春雨被夏風狠狠排擠
山林打了一串串噴嚏

落岩壅塞河的下肢
瘜肉撐滿我的鼻道

蛙跳到祕境山溪潺潺
午後雷雨從鼻孔滂沱

回頭　因我們被激流熱擁
蝶影乘以鳥聲　等於平安

我只是不知道該如何好

我　只是碰巧直面太陽
絕倫的光讓雙眼失去方向
對比頭髮長度衣著風格用字遣詞常受議論
沒人知曉我心底的高架橋與地下道
有些前進被浪捶退　有些氣息被沉船鎮壓
越溢潮間帶　童年與現實
來自世界的瘋狂攪碎我如廚餘
越級打怪　每個人都飛躍過的夢
崩解碎裂的每一次　都在夯實地基
壞掉拼圖　夕陽願意修補

悲劇四論

一、論枯竭

奔跑　不放棄
體內氣息　無聲洩祕
如滿月終被黑暗磨損
啃噬　破口處處

癟成消風車輪　扁塌腳掌
剛剛跋涉過的長橋默默如背影
椰林在前　我匍伏
仰望

二、論沉重

風潮如矛　我似盾
我是河豚渾身創傷
未來的方向　雨柱傾倒
刺紮心頭　密如咒詛

眼中起浪　船艙滿水
夢想逐漸下沉
逐漸白化如開不了花的珊瑚礁岩
掙扎是泡泡　間歇浮落

三、論遷逝

拍照　在這秒
當上一秒用力推擠
遠離焦點　等同死亡

微渺　我們只能活在平面

放下相機　瞬間醒來
驚覺又有一些自己八方漂流
秋日斜倚山坡　旁觀我的慌亂
伸手撿回滲透的過去
此刻　點點滴滴

四、論入侵

解剖　以溫柔
拆卸被時代滅頂久久沒被撿起的我
宛如手機落海　潮聲定居內心
鹽粒堵塞神經　苦難永不腐敗

毋須允許　命運狠狠蹂躪
蜜語或詈罵　循日常陰影攻入

信念之動脈堅持之靜脈
新陳代謝　憑發光的名

精神分析

我知道
眼睛的一半是雲
另一半　網

我懂得天空
一半是刺
一半　花

人生　我領悟
土石流　是一半
比賽　另一半

我承認

一半
一半
只活在想像與筆端

雨珠從天陡降
點綴　微笑
等於
心

內心戲

車過長橋
悍然切斷山海的相望
背影　突如其來
發問　被拉扯成
冷冷之顛　簸：

「夕陽——
你對面的
蒼白滿月
是繼承者
或
失敗者」

漫天金光瞬間躲入
山的肩胛
地的懷抱
天的凝視
晚霞瑟縮如心虛之狗尾

海面孤島　持續吐吶
以略高於現實的
泡沫與雲　奉養夜
光

夢譯

撕下皮膚　覆蓋
過去　遺忘的傷痕
黏合現在
通往未來的裂縫

萬千觀眾定睛　我
只穿脂肪
「這就是內在之真
現代
藝術典範」

歡呼聲中　我緩緩被上升
曾閒坐生命第一條河岸的摯友

在展場二樓　與另一群信徒
等候　詩人
以苦瓜為臉
歌頌　瘦

哭聲像鬧鐘　我再次醒來
滿身肥肉　緊抱

被愛著

看著翅膀、看著飛，整顆心碎碎
瀑布般激動……走了很久還要繼
續，直到蝶吻花蜜世界踩裂甲殼
大地擁抱，檢查眼淚是否打包，
情緒的電池應暫時拆卸（未來是
島，時光如海龜，方向總會破殼
游），呼喚始終屬於自己的座位
：天空，我，啟航並安睡

芳療

朱紅葉片終於啄吻山壁　等秋季躺平
墨色往事凝鍊成刪節號　當腳印高於日常海拔
天抱著風　風抱著山　山抱著鳥聲
光線終將縫補　蜘蛛網　心頭破口

生活　直奔轉彎都恍如隔世
日子的重　肩膀與小腿肚最懂
快速遺忘來時的喘息　創傷與安詳皆舒展成田疇
樂於翻譯步道原生的楓香　對如蛇的未來　芳療

註一：「楓香」一詞，源於太魯閣族語的「得卡倫」（意指「楓樹」）。

註二：得卡倫步道的終點，繼續通往意指「多蛇之地」的「大禮部落」。

註三：「朱墨」，出於國立臺灣師範大學國文學系楊昌年教授的賜字：「朱墨斕然」；「天光」，析自鳳新高中王碧霞老師之題贈——「天光澄淨」。

放鬆

夜　撐大夢的傷口瘋喊
狼來了　狼來了
巨浪震懾遠山
朝雲凝定成春之裙腳
陽光快意剪去
染病的那截

聆聽白晝巡演
風是最謙虛的主唱
我斜臥墨竹躺椅　恍若多年前
不知被誰砍下的分枝終於回家
滿岸消波塊
錯落鼓掌

醒

我知道光的燃起
從角落陰影
睡眠如蚌
指針滴答攻擊

我不確定腳步栽種的順序
找一條河洗淨膏肓
繼續傾聽　世界與我
破碎　碰撞拼合

走在想像的道路

走遍海島邊緣　浪濤與日曆相似
期待豐收光與聲響　所有　沿路盛開
我跳躍　我停滯　我變形
巨如天頂陰影的椰子樹葉忽墜
狠狠砸得更黑　我的影子

走在河堤　犬吠與蟲鳴熱鬧獻藝
霓虹與夜星　輪流替黑暗解密
想像的道路上　作夢與被夢
哭泣　與被哭泣
死心與重生　之間　恐懼慢慢冷卻

走過城鄉交界　狗用嘴邊肉與皺紋捕獵時間

新聞重播仍高踞螢幕　悲劇也是
在生活　當道德的引力允許子彈飛舞
紅的呼喊　白的冷漠　彩色禱詞
跨越道路之想像　與我同在

四十不惑

？

！

……

輯三

龍舟碾過蝴蝶蘭

瘋狂畫家

怒吼回應雷聲　直拳攻擊閃電
不停揮手不斷縮腳不住彎腰

舌面調製顏料　唇齒呼喚神韻
沮喪臨頭　彩繪火雞

他的朋友　都是動物
趴下追蟑螂　灰兔偎臉頰

盯著天空自畫像　藍是唯一臺詞
暴雨中素描　全世界跟著我黑

把雲吃成棉花糖　咳嗽聽作海嘯
老愛繞圓奔馳　背影定位太陽

臨摹死亡　喉嚨纖毛傾訴哽咽聖歌
他從不知　筆尖分岔

冷了一輩子
堅持掌聲都穿在身上

撕開枕頭　釋放羽毛
翅膀太多　無法起飛

直到人生睡醒才謝幕
自己不瘋　只是臨演

噩夢

睡　醒來
如毛巾擰轉千百回後
逼出　幾滴鹹
昨日的
排遺

今天
又迫不及待
鑽入身體
從　一切
洞

木悲

風太擠
雲太腫
日照太粗
月光太兇

枝椏　高於世俗
被迫讓路　接受
刀的善意
葉的墜樓
引擎喘息
傷口
新生

樹　瘦成
木
遠方高樓綁架天空
嘆息　淡漠

流沙

天頂的元宵
不時　被雲偷吃

心底的月亮
常常　被辦公室灰塵啃噬

現實總愛咀嚼你我　大口咬下
夢　任性流瀉成無人在意的沙

遺憾

遺憾
是藍　洞
蒼穹吐了

遺憾　是
青天被簇擁　在烏雲
綠蔭與電線桿之間

遺憾是雨只下在我
沒帶傘的片刻
旁人無法　化身為魚

遺憾是他從未游進
你的夢　太晚
退潮　發現新大陸

感殤

一、睡蝸牛

暴雨霸凌大地　蝸牛划出淚崩的草叢
積水留給背影　不再
心碎的樣子

柔軟無比　生命
撐起看似堅硬的殼　等永恆摩挲
現實　更加頑固

某些蝸牛　穩穩替柏油路保溼
某些如星際粉塵　解裂
被命運的輪

生命徹底睡去　黑洞瞬間成形
蝸牛群離死太近紛紛被莫名引力吸吮
消化當下　補給未來

晚天渾沌　不再聰明的樣子
我們不停繞湖慢跑　蝸牛專注進食
晃成星座　漸動

二、流星殞

飛　曾等同生活
直到流星　過火

當紅燄凋謝殆盡
每一塊碎片都細細思索
快的使命
焚的代價

宇宙　為何閉目

「終於有資格　慢」——
極速之後　最美遺言
隕石以發光影像
草書
對廣漠的闇黑
電郵　「蝸牛……我的……
明日……」

必將旋轉　一切捲入黑暗
光陰被縮寫
錘鍊牢固外殼
漫遊死生

抱緊憂傷現代舞

配古典樂
扭動
道歉
把脛骨拉成大提琴的孤弦
肌肉瞎了
目光燙傷
心臟不痛不痛著　說真話

大家都是　地瓜
時間敲門前
皮膚只能纏裹被微血管綁縛的夜
等陽光勾引
芽　不得不吐露

懵懂枝葉
逐　日
舞

瘋子

裁切　老公寓陰影
砍下肉身　表面肌瘤
絞碎心思過濾文化壓塑自我
輸出　空
白
天空底層霾
助燃

颱風天
射

紙飛機

四月血

四月　殘酷如其他手足
校園杜鵑突然早睡後　唯一
坦露的紅　在眼
也在天

暗橘夕陽遺贈眾人長長一道煞車痕
海張開又大又藍的瞳孔　見證
霧霾圍毆　日和夜都被打到不良於行
滅口　可能鮮豔的未來

努力學習　閉目之真諦
靈魂與角質都以紫外線洗淨　新的朝夕
我們終究站得比花高　一些

終究活得　比懸日長

花瓣與晚霞都是交流道
人類脈搏　只准單行
星光默默鍛燒最後的冷鋒
四月歇業　夏季趕集

大雪

日月研磨高壓烘焙
靈魂　碎落咖啡色的雪
再生

最沉的心
選擇墜散
如同拼圖
妝點預言

（終於看清自己看清）

世上一切幸福
瞬間更熱了點

負能量

如何夾光鄰桌的菜　正大光明
讓他人無知於歷史的外貌與氣味　就好
如何開闢時空的夾層　在叢林般的體制
眼神冷如廢鐵脊椎挺如煙囪　就好
欣賞掌中絲風中線　如何重回青春之繭
落日塞瞳孔　紅酒流耳道　就好
如何充飽腰間脂肪以利逃生　現實海難多
往下望　就好

焚詩

有病　擱置
中毒　隔離
無救　切割

曾顫動的心被轉送生命邊界
微末枝葉被中央的樹幹放棄

一首接一首　一句疊一句
火候全面讚賞
餘灰　天堂方向移民

群聚的燒　禁錮的哭
天地黯沉　死的影音

與世界大戰第一次

除了寄生
還能作戰

面對明槍暗箭新型謠言傳統病毒
匍匐　逆向　單行
社會重鹹　主流淹沒頭頂
比海更藍的心　堅持不被鯨吞
縮入陰影　裝死　求生
被流星砸到的人只能許願給貓頭鷹聽
屍體　堅持充斥新聞頭版與故事尾聲

永不撤展的裝置藝術

深入生命前線
真實　唯一戰略

有時　我們因善而遇襲
送命　因好奇

受挫的臉　暗弱如霉花被排擠到角落
用盡隨身的幸運　直到焰與煙恰巧成熟

地雷倒數　車輪空轉
蚊蠅是每日僅有的銀河

肉搏體制　刀劈黑箱　吶喊空谷
斷的源　殘的臂　砲聲伴奏

眼中霧起　耳內潮漲
後現代的希望　更危險　更日常

第一次　最可怕
敵方連老鼠都比我們大

身後炸裂腳底崩陷前方滲光　閉眼衝鋒
跳

沿心底地圖直跑
贏得獎章後　換酒

一月賞櫻花　五月採櫻桃
腐爛多　新葉亦多

與世界大戰　時間是不公的裁判

不論成敗　蟬蛹般枯守
等錯月臺　買另一張票重來
指尖的筆主動向超越劇本替宇宙打光的燈祈禱
背倚老樹　箕坐落花
蒲公英理完髮　升空

替成群的緩慢傷悲

咖啡廳演奏多沉默的鋼琴曲
不知何時從空白處爬出陸龜
天穹間秋雲越來越失去脾氣
緩緩彈響的除了海還有耳鳴

依舊不知風的方向愛的成因
苦痛依舊像鄰舍希望像遠山
許多種籽在胸中發霉又咳痰
許多淚珠醃漬綠鼻涕與黑汗

替成群的緩慢傷悲替光傷悲
懷疑似子宮孵的蛇專吃雄鷹
我們終究跑不完孤獨的操場
瘋狂像候選人與順時針颱風

淚沖不掉夢中的雷電與熔漿
彼此蜷曲的傷痛必如疤紋身
不願耳窩再分娩海的輪旋曲
偷吃隔壁的早餐對命運抗議

窗傷

高樓凍了整夜
窗戶被清晨霧化如老後的水晶體
帶著睡意與愛　撫觸玻璃
指尖摩擦出今日的第一筆
丿

另一捺　還不夠
曲折　繼續書寫
關鍵字依序
以淚為墨

寒冬

今年比較冷　彷彿被日頭棄養
前線　有人已站成消波塊
戰成灘頭軍歌
更多人　在後方
買房　賣藥　嗑燒肉

往昔比較光
如同大家的春夏甚至秋季都更熱更鬧
勝過即將凝固自己的冬催眠萬物的寒
當海面來風越來越狂活似古老帝國一夜復辟
間歇式凌虐　紅過的木棉
來不及粉白的杜鵑
市區　費勁點燃星芒的仿冒品

海潮包圍島嶼　生活壓制人群
飢餓像盜賊　貸款比封鎖線漫長
文明病如浪濤　起覆反伏
城市亂過荒野　孩童中風在補習班
青年自殺如同殲滅遊戲結局的大魔王
只能黑衣的人佇如封鎖線後的豎笛　等血吹奏

心亡

在人群旋轉
在死角旋轉
努力工作　用頭髮綁定時間
努力伸展　用掌根點壓現實
朝霞擊刺黎明
前一夜逐漸稀薄　如同
咳進咖啡杯的血

藤蔓如何撐住星辰　蟲翅如何托雲
疲累的人啊只能以贅肉自我補給
閘門不斷啟閉　唇齒始終不敢開闔
通電軌道彷彿通往異世界的捷徑
城外的海美如翡翠　呼吸比瓦斯廉價

起點與終點皆是黑點
牆內　陽光偷生

走上吉安

探訪四月　楓紅的前身
步道盤旋向上　向遠峰
矇矓蒼茫　我們的日子同樣
途經曲折　終究貓趴

或許連夜趕來的雲累了
無力抱緊濱海小城
藍天素顏　冷浪拍堤
人　始終比隧道怕黑

當霧霾統治世界
其他色彩假死
蝴蝶仍在柏油覆蓋的山徑　遍遍

尋覓三月杜鵑　五月桐花

不變的是　傷悲總以純白鍍膜
悔恨　永遠從習慣蔓延　暈染
城市被乳霜成蛋糕
千層幸福擋不住鋒面突襲式切落

日冕橫空　專注閱讀不太遠的模糊海濱
相信消逝的呼吸必悠長復活　如同
山路總高低往返　鳥聲響亮在眼光
未見處　崖畔橘貓　安靜午覺

註：二〇二一年四月三日，初訪花蓮縣吉安鄉楓林暨白雲雙步道，天地皆白——在臺鐵「太魯閣號」事故前一日。

繪死

死亡是溼滑
雲浮天陲
被眨眼間的光陰偷襲
輕輕推入
夜　糜爛如瘡

死亡是脆弱
蚯蚓與晚霞同色系
禁不起歲月
重重鞋印　悄悄泥濘
林梢外　木星微晃

死亡是遠航
泅游　不由自主
當命運逃離水壩順流俯衝
意外　操控在他人掌中的開關
夢似水草　掙扎求生

死亡　特殊之光
照亮沉眠的形狀
增豔　斑駁歷史
透析霧起時的迷惘
折射　彩虹　未來

小國王

恩准方向盤旋轉自己
以至尊之姿
沒日沒夜　來回穿梭
鬧市與戰區　領土與邊界
座頭鯨擋路　大象卡位
塞車時渴望坦克開道　極光化為捷徑
綠燈是賢臣
高架橋恍如飛舞的彩帶
大大的城　萬國爭鳴
人人並列　小小的王

當網路越來越寬如昔年新發現的大洋大陸
你　我　他　暗礁處處

戴上嶄新貼圖　浮潛
回應留言儘管下一秒就滅頂
發布貼文　媲美星光
小小的國　王常常獨享宵夜
希望是淋上蜂蜜的奶
現實比優格更酸
再怎麼發胖也不許月球嘲笑
再怎麼作夢也不准潛意識獨立

天空常以閃爍的眼瀏覽命運
一日之忌　在於清醒
業績與彩虹平行　會議與黑洞交集
計畫與龍捲風同路　進度與塵埃合音
世界奔跑群眾衝撞颱風掃蕩
總與寡人逆向
生活徵的稅買不起生命的寶座

遠方耶穌光在視網膜流動難懂的抽象畫
我們只能臥室登基　行事曆出巡
廚房狩獵　被藥袋革命

輯四

流動成畫

慰撫

我知道　現在　是碗底
　瓷質坡壁　攀升不易
挫折連綿恍若鐵筷來回衝擊
　我們　似倖存的　飯粒
不斷滾動　擺盪
　期盼　熟飯搖回生米
稻穀搖回垂穗
　搭乘　上一秒
啟程　下一秒
　誤點　一步晃入
陶醉的國度

山巒跳進火車
起伏成翠綠海
浪　緊黏鐵軌
電線桿　分隔無數包廂　盡情
甩動波光　灌溉靛藍平原
漫漫　收割　酒紅色爵士樂
以鏗鏘的撞擊　開瓶
指揮　以掌聲

音樂廳中陌生人枝葉般緊密相依
橡樹　楓香　鐵杉
伴隨日夜　同時引吭
熱情是風　盪漾視線的軌跡
旋律　一生變奏
恍然間　露珠親吻大地
全身全心全靈　彈響　單音

葉緣與眉梢共同震盪
　更多更多晶瑩　交響命運
重音是心事
　和聲　夢中銅管顫顫
輕音是故事

　搖椅與快板　慢板與沙鈴
慢慢攤平成記憶　迴
　繞　每個星期一
黑暗劃下反覆記號的小節
　等　光　提醒
換氣

湯圓

如此盼望
你對我傾囊
相授　我心饑饉
相助　我身陷溺

盼你用最大的溫柔　慰撫
飽經歲月與世界圍毆的眼角
包覆　軟與弱
在癱瘓成烈日下的痰
在孤立成戰場上彈盡糧絕的血痕　之前

請用比諾言更堅韌之臂膀
糯米糰般的擁抱　綿密黏著

包覆尚待烹煮
饒富滋味的真材實料

通體柔和　被火熬煉
全面潔白　被水熱吻

迷你星球
獨唱　無聲詠嘆調
熾烈內在　濃稠岩漿
從記憶中恆溫的河
延續　故事

碗空掉後
呼　吸　滾燙

氣象報導

睡前　冷不防冰雹
寒冬趁孤夜　政變
帶電疾風　淋漓雷暴
如子彈持續掃射
佔領　窗外現實

夢的漩渦　夏之專屬高音
蔓衍如流星雨不停
沖刷意識徹底淹沒
恍惚間　比人間燈火更稠的蟬翼
把心拍昏

大日重新睜眼

淫意　屬於角落屬於黑
被海風一一打包
天地　總會晴朗
左心房的陽臺　風來除草

月下速寫

一

闇影　大到漲破眼珠
月弧張開細細雙臂　串連
溫柔　不管別人是否看見

二

夜　面無表情
雲端堅持　拋光心緒
眼角與嘴角　微笑勾時間

三

夢被禁足　大多數色彩　也是

塵世　不懂倒立
翻轉眼光　蛾眉月似新指環

四

我們總忙於讀寫親情　收納友誼
有一種　愛　如日月星
無法手作　只須品嚐

獲救

紅葉　熱了整輪冬季
路旁欖仁　費力脫卸
天幕比異國氛圍更藍
悄悄　恍若屈身
為角落之凋零——一切
流離　以擁抱為家
白晝遺棄　靜夜領養

風喚醒夢　夢喚醒脊髓深處
曾滾燙的液
城市邊緣的傷
紫花地丁　縫縫補補
稚嫩練習　獨立

與自己的影　不斷揮手同慶
天上視闕　願意俯伏

貓在聽——新詩發表會側記

積雨雲替世界除溼連夜傾倒悲劇
貓在聽
文字結晶妝點年月
貓在聽
偉人離席靜默　疾病高歌
貓在聽
恆星不順不逆替自己簽獨一無二的名
貓在聽
城市如沼澤　山野似風　人人皆島被海簇擁
貓在聽
日暈之神韻天穹之筆跡詩之黑白與油彩
貓在聽

檸檬塔

全身溼透
暴雨　突襲鞋跟
雷與雹在人後　口角
任性自爆
睫毛　滴落沉重
檸檬

烘　烤　後
慘白麵粉紛紛
聳立成此夜
守護的塔
香酥金黃
猶如刷滿滿月甜光

糖　加三分
就好
迷迭　百里
綠嫩如初心
先粉身碎骨　再安然
置頂

彷彿人人
握有太陽
微小　明亮
內核始終
酸
軟

落地窗之外
城市的呼嘯

持續熱映
不到手掌大的檸檬塔
一口吃盡
一生反芻

為某人而寫

我們不過是宇宙
無形航道中星群表面奔跑的一連串咳嗽
無翅的　塵

角落跳舞　半夜烘焙
現實間隙偷種花　沒人能開路
走著走著　影子燒焦

貧窮　疾病　夢想
皆為火種　燃點過低
死亡　煙的主臥室

生命多苦　以字作舟

為某人而寫
航向永恆

冷夜即興

冷鋒劈砍　心之開關
世界無光處　迸發
巨響與煙硝
畢生徘徊的街衖
彷彿鞭炮　時間點火
記憶是縮時攝影　低畫素
替詩伴奏
註解爵士樂

無法延伸的道路　終被征服
只會遊行的神像　終將躺平
黑貓雙眼
現實生活之標點

不住提醒
所有呼吸
皆為天藍色
即興

讀詩的時候

體內砂石　分秒進化
成寶石　逐一璀璨
遠離無法動彈的斑馬線
躍登日常之巔
綻放虹與花　魔幻了現實

汽車沉睡許久　突然開眼
環景時空內外所有盲點
濃縮天地
還原為心頭地圖　立體多向
當夜長成前方荒路
美感擴散如雷達　反射歸途

房屋壁癌　徹底換膚
儘管買屋在邊緣
每條捷運都是風
夜市　如潮間帶全年無休
我樂於生養意義　代代相傳
一遍遍
與文字金婚

世界的體重　驟降
鍵盤提前靜止　筆墨歸家
字詞句躍動不休　試圖壓穩生活
表面虛浮　應聲破碎
直落滾燙地心
隱約中　象鳴響起
祕密呼應
宇宙的最初

疲累的心　悍然
閉目　流光劃過我
與外野同樣洪荒的內核
恆星默默大火　在
不知幾座銀河系外　有詩
意似天風　音如閃電　形若星球
拔高了二維的靈　　彩色我
始終寫不妥的外太空文明
名為人生的翻譯軟體　自動升級

療癒

心事破了洞
沿岸　找藥
一邊跑一邊

想

黯雲遮眼
為何
藍天允許

風吹汗落　不知不覺
灑滿　湖面　皺著眉
水的空虛　漸漸充實

等夜輕輕哄睡世界
汗珠波瀾同化　映照月的痘疤
定位　不眠的人間

替今晚加班的夢
明朝想裸辭的日
指路

小題情——二〇一九利卡夢梅之宴戶外音樂會速寫

梅花是高音
為聽不見的遠方　繼續香
暗中搭乘絲綢般的風　來回
拉扯弦聲和人心
很久很久以前　天地就等同煎熬你我的爐
山坡耳畔　生命窈窕成一把小提琴
舞臺傾斜嶔崎　世界大跳
細小樂曲　深刻題情
夢　如宴席

鼻塞

溼氣淤積夢　呼
吸　被迫持久當勝敗悲喜的延長賽時時上映
搭乘首波鳥鳴　光暗交棒後　暖暖
甦醒　用力一擤
朝陽爬上右肩
炊煙與喇叭從左側屋宇
爭先

苦後

熱青草茶　不加糖
火氣　終被身旁的影　祕藏
逆向寒風從窗後的橋橋外的海　不懈挑動
你我指尖　杯具　顫抖不休

月牙猛然突出雲叢撕裂躊躇的浪無悔的路等待的眼

四分無聲苦　潑如地磚的淚
六成綠草香　漫溢夢外夢裡

筆粉——致教師

緊捏命運交託隱隱連心的粉筆
蒼白撲染掌緣掩蓋自己的青春
磨損長短紛雜色彩繁多的十指
吸塵屑吞疲累滋養漸朽的肉身

鮮榨書本知識
導航生活智慧
黏合道德裂痕
打通感官與心

著迷執筆的人無懼於背影示眾
堅持在反光的黑板素描流星雨
用雙眼收割時光的夢境與回聲
用板擦創世紀等鐘聲橋接歸途

結婚

第一位親吻陰影　是光
第一次環抱　花給了南風
第一雙手　天空與雲十指緊扣
腳印刻劃和弦　用力壓

海浪　最後的誓言喊成
星環　最後的戒指打磨
歡唱　交由情聲指揮
閉上雙眼　禱詞如氣球飄昇

湛藍的歌

攤平信紙替菌菇擋風雨
收起粉紅洋傘怕美溼透
穿戴綠格子裝幫樹澆水
一邊洗衣一邊吹響泡泡

娃娃和吉娃娃都愛花腔
灰塵在鋼琴偷練和弦G
星光總會幫野狼補好妝
獵人披覆斷枝嫩葉候餐

相信曇花會跟夜鷺深聊
棋盤腳花與流星雨對弈
山的生日願望是被海看

熱氣球不會永遠愛天空

先展示愛才能呼喚真愛
辦一場充滿影子的派對
焰火下與木偶相擁學舞
為了笑聲我們寧願破產

忙別人的戲卻忘了演夢
燒盡一生照不亮逃生口
再也沒人懂得拼接過去
差一點就趕上盛世華年

倒持蒼蠅拍赴生死決鬥
勝利者開戰車衝出童話
當我們把落齒祕密活埋
蒼白雙唇歡唱湛藍的歌

暗光

秋蟬
並不淒切
當多層次的海以不止息的浪疊唱

蟋蟀歡呼
興奮了半條地平線
當天頂的黑徹底交融
人間的顏

最寒冷
是小城
以抽搐的燈
摹寫

後人類風景畫

指腹點擊螢幕
無情手機　亮起暖源
等另一雙鞋　在下一回夜
閃動星軌　海天共賞
以永不關閉的耳　溫故
以暗中感光的眼　知新

善感

讓漣漪　只是
漣漪
海浪　才應該在身旁
歌舞不息

讓碎玻璃　安穩
睡去　血痕噤聲
恆星　更須獨立內心
替冰與火　編舞

體內繞圓
如兩尾魚
渴望　而
不可　急

感時

當髮絲只記得減法
星光隱居
萍　水　未相逢
各自波動
各自　睡
人生如繭
詩　心鑄的彩翼

後記

或許是青壯後、中年前的種種刀劍逼迫、關卡連綿，我突然很想，為所有曾躍動、伏藏、迸發、反芻的「愛」，以文字砌一間屋，祕藏。

名為「C大調」的主臥室，以父、母、師、生、友、妻……，與我的交集為題材——這是我此生的地基、意義的起音：如C大調，始終提醒，寧靜的豐沛，相遇的珍貴。

至於「沼澤山羊，風中魚」，是「我」的微國度：以文字，自畫像；以詩句，雕塑日夜之流中每個跌宕過的我——在正負電極邂逅處，拍大頭貼。

相對於前兩間房內所陳列的詩作，皆具有較為明確的指向性，《琥珀愛》後半部的內容，則可說是替更為普遍的人生之情，代言——題作「龍舟碾過蝴蝶蘭」的輯三，試圖為耳聞的、親歷的、壓抑的、忍不住的，憤怒、苦痛、疑惑、陰鬱……，人工呼吸。

而在為死過無數次的心按摩，替流竄過荒野的哀聲編曲之後，「流動成畫」，是暫時的句點：搖晃記憶，調配眼光——在不停被撕下的日曆紙上，與筆共畫。只因美好，值得用生命，特展。

總體來說，廣義的抒情，是我第三本詩集的主軸——愛，是果核；感，是地平線。哪怕只是一捧僅被野人豔羨的光，都能替夜，織夢。

所幸世界雖殘酷，卻始終不缺美善：如同大化祕製的「琥珀」，珍藏剎那、昇華殘缺；矇矓了恐怖、裸裎了宇宙；是困縛，也是新生；是我力所能及的證明，生命與靈魂的，互相餽贈。

語言文學類　PG3120　台灣詩學同仁詩叢12

琥珀愛

作　　者 / 朱　天
主　　編 / 李瑞騰
責任編輯 / 吳霽恆
圖文排版 / 黃莉珊
封面設計 / 嚴若綾

發 行 人 / 宋政坤
法律顧問 / 毛國樑　律師
出版發行 / 秀威資訊科技股份有限公司
114台北市內湖區瑞光路76巷65號1樓
電話：+886-2-2796-3638　傳真：+886-2-2796-1377
http://www.showwe.com.tw
劃撥帳號 / 19563868　戶名：秀威資訊科技股份有限公司
讀者服務信箱：service@showwe.com.tw
展售門市 / 國家書店（松江門市）
104台北市中山區松江路209號1樓
電話：+886-2-2518-0207　傳真：+886-2-2518-0778
網路訂購 / 秀威網路書店：https://store.showwe.tw
國家網路書店：https://www.govbooks.com.tw

2024年11月　BOD一版
定價：300元

國家圖書館出版品預行編目

琥珀愛 / 朱天著. -- 一版. -- 臺北市 : 秀威資訊科
技股份有限公司, 2024.11
面 ; 公分. -- (語言文學類 ; PG3120) (台
灣詩學同仁詩叢 ; 12)
BOD版
ISBN 978-626-7511-29-9(平裝)

863.51 113015114